TODO POR UNA TORMENTA

Minis vol. 3

Primera edición: Febrero 2021

Copyright © Elsa Tablac, 2021

Todo por una tormenta

Minis #3

Elsa Tablac

CAPÍTULO 1

K**IM**
La mayor tormenta de la década azotará Nueva York este fin de semana, advertían bien claro en las noticias. Yo había tomado buena nota y, por una vez, me había preparado a conciencia: toneladas de novelas románticas, películas y series preseleccionadas en "Mi Lista" de Netflix, dos botellas de vino, cantidades industriales de chocolate y *snacks* no del todo saludables.

Qué ironía que el amor te encuentre justo el día en que decides aislarte del mundo y de todas sus inclemencias.

Salí de la oficina a las dos de la tarde del viernes, feliz ante la perspectiva de encerrarme un fin de semana enterito sin tener que justificarme ante nadie. De hecho, se recomendaba, en la medida de lo posible, permanecer en casa, salir solo para lo estrictamente necesario; así que todo el mundo haría bien en salvaguardar su trasero, porque la lluvia venía acompañada de vientos atlánticos huracanados.

Ya estaba en la calle bajo el gran nubarrón cuando sonó mi móvil. Lo busqué rápidamente en mi bolso. Era Sarah, mi queridísima —y pesadísima— hermana. Estuve a punto de ignorar la llamada. La conocía tan bien que ya sabía lo que me iba a decir: que no quería pasar sola el temporal, y que tampoco le parecía muy buena idea irse a casa de nuestros padres. Ya había dejado caer el tema en una conversación previa vía *whatsapp* esa misma mañana.

—¿De verdad no quieres un poco de compañía, Kim? —me preguntó—. Tengo la hermana más ermitaña del mundo.

—Tengo trabajo, Sarah. Voy a aprovechar para adelantar cosas pendientes.

Si es que se le podía llamar "trabajo" a atiborrarse de nachos y hacerse una maratón de *Mujeres ricas de Beverly Hills.*

—Pero yo no te molestaría...

—Puedes venir en caso de emergencia, ya lo sabes...pero voy a andar liada.

Confiaba que mi hermana captara que me apetecía estar sola sin tener que decírselo explícitamente.

—Tu vecino "el follador" no va a permitir que te concentres. Seguro que ha planificado una maratón de sexo confinado de tres días que se convertirá en tu peor pesadilla.

Me reí.

—Tengo que dejarte, hermanita. Te llamaré para asegurarme de que un golpe de viento no te ha desplazado en volandas hasta Staten Island, como le pasó a Wendy.

—¿Quién es Wendy?

—La chica del Mago de Oz.

—Creo que te refieres a Dorothy. Wendy era la de Peter Pan. Y tienes la referencia un poquito atrofiada. Ella estaba en Kansas. Espero que por aquí no pase ningún huracán.

—Correcto —siempre era más práctico darle la razón a Sarah que enzarzarse en una discusión sobre cualquier cosa—. Voy a entrar en el metro, tengo que dejarte. Un besito. Escríbeme.

Colgué el teléfono y entré en la estación de 103 Street. Hablemos de "El follador", por favor, porque esa historia no tiene desperdicio.

Empecemos por lo más fuerte de todo: no sabía quién era. No había visto aún su cara a pesar de que vivíamos pared con pared en el mismo edificio del West Village. Solo sabía que era un tipo joven, más o menos de mi edad, "unos treinta años y bastante guapito", según nuestra casera.

Al parecer tenía una intensa vida sexual, a tenor de los gemidos que se escuchaban todas las tardes durante unas dos horas, siempre entre las ocho y las diez, momento en el que yo llegaba a casa y me disponía a darme un baño, escuchar algún *podcast* gracioso o tomarme una copa de vino tinto para desconectar de la intensa jornada de trabajo.

Se había mudado hacía unos quince días, y se las había apañado para esquivar mi presencia. Tal vez simplemente teníamos horarios distintos, pero me intrigaba —y me irritaba— aquel traqueteo matemático. Para colmo, los gemidos y gritos y los *ahhhsss* y *ooohsss* y *másss* femeninos no eran siempre de la misma mujer, claramente. Yo diría que por allí había bastante trasiego. Tal vez aquel fin de semana en el que se recomendaba no salir de casa sería un buen momento, al fin, para conocernos. Y dejarle bien claro que las paredes son más finas de lo que él cree y que se oye absolutamente todo.

ROBERT

Por fin, pensé cuando la vi en el supermercado. *La morena sexy que vive en el apartamento de al lado.* Sola, si mi intuición no falla. Si fuera mi chica, yo no la dejaría a sol ni a sombra, esa es la verdad. La había visto a lo lejos en un par de ocasiones, cuando ella se iba a trabajar y yo volvía de buscar a Joe, mi gato, muy aficionado a escaparse por las escaleras del edificio.

Lo primero que pensé fue que no había podido tener mejor suerte a la hora de dar con un apartamento en el West Village, a un precio decente, con buena conexión a Internet, básica para mi trabajo y con aquella belleza como vecina. Fui a presentarme el primer fin de semana tras mi llegada. Presentarme, llevarle unos dulces, besarla hasta el amanecer... Cualquier cosa que ella me permitiese.

Pero no estaba en casa.

Di un paseo por el pequeño supermercado que teníamos en la esquina y que me venía genial para emergencias. Había pensado en ir a saludarla y presentarme justo en ese momento, pero al dar dos pasos en su dirección noté cómo se me aceleraba el corazón. *Oh, oh.* ¿Era eso posible?

La morena me miró con curiosidad y después siguió estudiando las estanterías. Me acerqué un poco más a su zona y vi el último bote de salsa *bolognesa* Vignelli que quedaba. Mi favorita. Y además, un frasco gigante, de casi un kilo. En realidad tenía otra en casa, pero no está de más hacer acopio. Era raro encontrarla allí. Al parecer era una salsa bastante popular en el vecindario.

—Disculpa —murmuré.

La vecina se apartó un poco y me dejó alcanzar el bote. Abrió la boca y por un momento pareció que iba a decirme algo, pero no lo hizo. Le sonreí, pero se giró enseguida y se apartó, dándome la espalda. Se acercó al mostrador. Di otra vuelta por la tienda y cogí dos paquetes grandes de pasta, cebollas, naranjas, café, dos botellas de mi vino favorito y helado de chocolate. Con eso podía resistir perfectamente hasta que pasara el vendaval.

De cerca era mucho más atractiva si cabe. Ojalá no pensase que yo era un rarito que se había aproximado a ella solo para invadir su espacio, o para hacer un torpe acercamiento. Solo buscaba un contacto mínimo, la primera palabra que diese lugar a una cordial conversación entre vecinos. Pero me dio la espalda. Guapa, pero un poco borde.

Intenté armarme de valor para hablar con ella a la salida de la tienda, pero cuando me acerqué al mostrador para pagar vi que ya se había ido y que caminaba hacia nuestro edificio. Había salido de la tienda con las manos vacías.

Willy, el tendero, observó el bote de salsa Vignelli antes de pasarlo por el escáner.

—¡Míralo, aquí está! La chica que se acaba de ir andaba buscando exactamente esto. Esta era la última que quedaba. Pediré un buen cargamento en cuanto pase la tormenta. No sé qué os pasa a todos con la dichosa salsa.

Ya en la calle, aceleré el paso para ver si la alcanzaba, pero no había manera. Aquella chica había puesto la directa. Se llamaba Kim. Kim Andrews. Lo había visto en su buzón. No había ningún otro nombre escrito y lo más probable era que su apartamento fuese exactamente igual que el mío; es decir, con un solo dormitorio. Ideal para alguien que vive solo.

Había fantaseado un poco con la idea de la vecinita en los últimos días —paso mucho tiempo a solas, debido a mi trabajo— pero después de verla tan cerca en la tienda, la cosa había cambiado, o más bien se había intensificado.

Por supuesto que tenía que conocerla. Quería saber todo sobre ella, pero bajo ningún concepto iba a convertirme en el vecino *creepy* que ejerce de espía en sus ratos libres. Tenía que encontrar el momento adecuado para presentarme en condiciones, decirle quién era y que podía contar conmigo para cualquier cosa que necesitase.

Absolutamente cualquier cosa.

De repente, ella entró en otra tienda y la perdí de vista. Pero no me preocupaba en absoluto. Tenía la excusa perfecta para hacerle una visita de cortesía esa misma tarde. Eché un vistazo al interior de la bolsa de la compra, y casi acaricio el bote de Vignelli que me brindaba aquella gran oportunidad.

Aceleré el paso. Empezaba a llover.

Se avecinaba la gran tormenta.

CAPÍTULO 2

K**IM**
Entré en el Deli de la siguiente manzana con muy pocas esperanzas. Aquel memo me había robado la salsa delante de mis narices. Estaba indignada, la verdad. Uno de mis grandes planes del fin de semana era preparar mi pasta favorita, y para ello la salsa Vignelli era básica. Estuve a punto de decirle algo, pero el tipo era tan guapo que cerré el pico. A mis años, siguen intimidándome los hombres atractivos. Y el muy capullo, como si me leyese la mente y consciente de su magnetismo, me sonrió burlonamente.

Nada. Ni rastro de la salsa en la siguiente tienda. Compré un kilo de tomates y me resigné a preparar una *bolognesa* yo misma. Salí de nuevo a la calle y aceleré el paso. Empezaba a llover. ¿Cómo se llamaría aquel tormentón que se avecinaba? Últimamente siempre les ponen nombres ridículos a los fenómenos climáticos. Iba imaginando un nombre absurdo para la lluvia cuando lo vi de nuevo. Cargado de bolsas y con mi salsa, sin duda. Me había adelantado y caminaba en la misma dirección que yo.

Lo seguí a varios metros de distancia hasta que se detuvo en el lugar exacto en el que yo vivía. ¿No sería...? Efectivamente. Abrió la puerta de mi edificio con su propia llave. Solo éramos siete vecinos y los conocía a todos; así que todo apuntaba a que el ladrón de salsas y "El Follador" eran la misma persona.

Vaya, vaya. La verdad: me desconcertaba que fuese tan guapo. No solo guapo, sino que me veía perfectamente con un chico así. Con él, en concreto. Aminoré la marcha para no cruzarme con él en la escalera. Esperé un par de minutos y después subí. No estaba preparada aún para ese encuentro.

Cuando me estiré en el sofá ya llovía con fuerza y yo seguía pensando en él. En concreto, pensaba en lo perturbador que sería a partir de ahora, ya que conocía su rostro, escucharlo disfrutando de aquel sexo salvaje e intenso con sus numerosas amiguitas. Me conocía muy bien. Si no fuese por aquel pequeño detalle, y por supuesto aquel desencuentro nuestro en el supermercado, mi mente ya volaría libre y desbocada por encima de nuevas fantasías.

Fantasías de lo más calientes.

Me levanté y abrí una botella de vino, y justo en ese momento, cuando aquel caldito delicioso del Valle de Napa caía en la copa con elegancia, llamaron a la puerta.

Pensé en no abrir, por supuesto. Pero precisamente por el hecho de que no esperaba ninguna visita, me intrigaba quién necesitaba verme esa tarde.

Abrí la puerta y allí estaba él, con mi salsa en la mano. ¿Qué demonios...?

—Hola, soy Robert. El nuevo vecino.

Lo miré, petrificada. Fue ahí, en ese preciso instante, cuando fui del todo consciente de su gran atractivo.

—Kim.

Alargué mi mano derecha. La izquierda sostenía la copa de vino y estaba escondida detrás de la puerta.

—No habíamos tenido ocasión de hablar aún...pasé por aquí el otro día pero no había nadie en casa...

—¿Cuándo?

—No recuerdo. El fin de semana pasado, tal vez. He venido para darte esto.

Robert extendió el bote de salsa Vignelli. ¿Pero qué narices...?

—Me dijo Willy que lo necesitabas. Y yo tengo otro en casa.

—¿Willy?

—El tendero.

Vaya. Llevaba más de dos años viviendo en ese vecindario y yo ni siquiera sabía el nombre de aquel simpático tipo.

—Vaya, qué sorpresa...No sé qué decir. Gracias, ¿supongo?

—No hay de qué —contestó, exhibiendo su sonrisa perfecta.

Apoyó su hombro en el marco de la puerta. Sus labios estaban un poco más cerca y empezaban a ser una tentación. La energía que se estaba creando entre nuestros cuerpos era casi palpable. Instintivamente, di un pequeño paso hacia atrás. ¿Debía invitarlo a entrar? ¿O era demasiado?

—Va a ser un fin de semana difícil. Por la tormenta. Voy a estar en casa trabajando —añadió Robert, señalando hacia su derecha—. Si necesitas algo, cualquier cosa, no tienes más que llamar a mi puerta. Estamos apenas a unos metros de distancia...

Sonrió y se retiró, sin dejarme la oportunidad de despedirme. Tal vez porque ya sabía que las despedidas no cabían entre nosotros.

ROBERT

Un antes y un después. Eso es lo que me pareció nuestro encuentro junto a su puerta. Por un momento pensé que me iba a invitar a pasar, pero no sucedió. Tal vez la había pillado en mal momento. De todas formas, no estoy tan seguro de que hubiese sido una gran idea. No iba a poder resistir la tentación de estar cerca de ella y de superficies como sofás o camas al mismo tiempo. Era imposible que Kim no se hubiera dado cuenta de la química que había estallado entre nosotros.

Abrí la puerta de mi apartamento y me acerqué a la ventana, el lugar favorito de Joe. Escuché su ronroneo, pero dado que ya había comido, aquello solo podía significar que quería pasear por el pequeño patio por el que disfrutaba escapándose. Pero era peligroso dejarlo suelto allí. Podría caerse a la calle.

—No pienso abrir la ventana, Joey —le dije—. Odio el olor a gato mojado.

Hablo continuamente con el gato, aunque obviamente a partir de ese momento preferiría hacerlo con Kim. Di unos pasos circulares por la cocina, inquieto.

Lo de regalarle la salsa había sido un movimiento en la dirección correcta, pero bastante insuficiente, me temía. Fue en ese momento cuando tomé una decisión: tenía que conquistarla. Ese mismo día, a ser posible. Kim estaría en casa, atrapada por las inclemencias del tiempo. Separados por una simple pared. No había escapatoria posible y parecía el tipo de misión perfecta para un fin de semana de lluvia. Con la única diferencia que en circunstancias normales aquello habría sido un simple divertimento.

No era el caso. Lo que había sentido al verla en su casa, vestida con ropa cómoda y con una copa de vino que trataba de ocultar por alguna razón, era bastante evidente. Kim no era alguien con quien quisiera tener aventura, a no ser que fuese una aventura permanente, sin fecha de caducidad. Quería conocerla de todas las maneras posibles.

Me acerqué a mi ordenador y encendí el equipo de edición. Quería terminar el vídeo en el que estaba trabajando esa misma tarde. No recordaba la última vez que me había tomado un fin de semana libre y aquel no parecía una mala ocasión. Consulté el reloj. Eran las seis de la tarde. Si me daba prisa, a las ocho estaría listo y podría dedicarme a maquinar mi siguiente acercamiento hacia Kim.

Respiré hondo y estiré los músculos antes de sentarme. La lluvia empezaba a caer sobre el cristal con cierta contundencia, pero el sonido era relajante y sin duda aplacaría los gemidos. De repente, me detuve, antes de descargar las imágenes que debía editar.

Desde hacía unos seis meses había aceptado un encargo un poco peculiar. Me dedicaba a editar vídeos eróticos para varias páginas web. Era un trabajo puramente alimenticio. Mi verdadera pasión, aquello por lo que respiro, era la producción de documentales. Ese era el principal motivo de mi mudanza a Nueva York. Allí, estaba convencido, surgirían muchas más oportunidades que en Minneapolis, así que no lo había dudado ni un instante. En cuanto reuní el dinero suficiente para subsistir durante un año, me lancé a morder la Gran Manzana.

Puse en marcha el programa de edición de vídeo y, como cada tarde, se desataron los gemidos. En aquella escena, que quería dejar lista y editada esa misma tarde, el sonido era particularmente intenso.

Solía dedicar las tardes a editar aquellas piezas. De esa manera podía enviarlas a la productora a primera hora de la mañana siguiente y concentrarme en mis proyectos personales.

Estaba preparando un documental sobre músicos de *jazz* que requería grandes dosis de tiempo y energía, pero no había nada que me apeteciese más.

Contemplé la pared mientras veía las imágenes. Había llegado un punto en que aquellas escenas no me excitaban lo más mínimo. Solo las veía como una fuente de subsistencia. Pero no podía renunciar a ello. Al menos no por el momento. Pagaban demasiado bien.

El gato saltó a la mesa de edición y se paseó por encima del teclado.

—Aparta, no puedes estar aquí.

Lo cogí y lo coloqué sobre mi regazo y de repente la imagen de Kim con aquellos shorts deportivos y esa camiseta desgastada por el uso apareció en mi mente. ¿Y si...? ¿Y si Kim podía escuchar los gemidos de las películas al otro lado de la pared?

Me levanté y golpeé el muro con los nudillos. No parecía especialmente gruesa. Dios, tal vez pensaba que era un completo pervertido. Convenía dejar claro que simplemente me pagaban por editar aquellas películas.

Aquella tarde, por primera vez en mucho tiempo, saqué los auriculares del cajón superior de mi mesa y me los puse para trabajar.

CAPÍTULO 3

K^{IM} Devolví los golpecitos en la pared con el mismo gesto. Toc toc toc. Era un poco extraño. Juraría que los gemidos habían regresado, pero solo durante un minuto. Tal vez empezaba a alucinar. ¿Y si todo aquel ruido erótico había sido producto de mi imaginación? ¿Y si Robert era en realidad un amante silencioso?

Observé la salsa, hirviendo lentamente en la olla. Removí con cuidado y añadí un poco más de orégano, mi especia favorita. Aún no me había recuperado del *shock* de tener a Robert en mi puerta y entregándome el bote de Vignelli. ¿Por qué lo había hecho? Mi sospecha era que se sentía culpable por tanto ruidito sexy y esa era una forma subliminal de pedir disculpas a su sufrida vecina.

A pesar de que la lluvia que caía con fuerza en las ventanas había hecho que la temperatura bajase, no podía decir lo mismo de mi propio cuerpo. Ahora que por fin podía asociarlo con un rostro —un rostro muy atractivo, para ser sincera—, no podía dejar de pensar en Robert, al otro lado de la pared. ¿Qué estaría haciendo?

Fue entonces cuando se me ocurrió la brillante idea, y el simple hecho de pensar en ella me puso nerviosa. ¿Y si lo invitaba a cenar? La salsa estaba quedando deliciosa y al fin y al cabo la había conseguido gracias a él. Tenía pasta fresca en la nevera y tal vez era la oportunidad perfecta para conocerlo un poco y averiguar de una vez por todas en qué consistía esa intensa actividad que tenía en marcha todos los días hasta las ocho de la tarde, aproximadamente.

Fui al baño y observé mi rostro. Llevaba una camiseta tan desgastada por el uso que no dejaba nada a la imaginación, y más teniendo en cuenta que lo primero que hacía cada tarde al llegar a casa era quitarme el sujetador y lanzarlo por los aires. ¿En serio me había visto así?

Volví al salón-cocina, recogí el sujetador desperdigado y me acerqué al armario a ponerme algo decente. Saqué una falda vaquera y una camisa blanca de corte masculino que a veces me ponía para dormir, pero que me encantaba. Dejé abierto un botón más de la cuenta por primera vez en mucho tiempo.

Me refresqué la cara y me puse un poco de máscara de pestañas, corrector y colorete. Después revisé el guiso y apagué el fuego. Entonces, tras respirar hondo y abrir la puerta de casa, me detuve en seco. ¿Qué estaba haciendo? Estaba actuando por impulso, siguiendo mis instintos. ¿Era esa mi mejor opción? ¿Salir corriendo e invitar a cenar a un chico al que apenas conocía a cambio de un bote de salsa? Aquello no significaba que yo le gustase, como llevaba un rato imaginando alegremente. Era solo una galantería de vecino. Se había sentido culpable por llevarse el bote de Vignelli delante de mis narices. Eso era todo.

Un trueno demasiado cercano me sobresaltó. No me gustaban las tormentas. Cuando era pequeña me aterrorizaban y me provocaban pesadillas durante días.

Volví sobre mis pasos para volver a quitarme la camisa y ponerme algo apropiado para cocinar cerca de un caldero de salsa burbujeante que escupía pequeñas partículas durante todo el proceso.

Oí entonces un golpecito en el cristal de la ventana que daba al patio interior. Allí había un gato. Oh, dios, un gato empapado. Me acerqué a la ventana y la abrí de par en par. El aguaviento irrumpió en el salón, fulminando al instante el cálido ambiente que había conseguido con el vapor de la cocina.

—Vaya, amiguito. ¿De dónde sales tú?

Lo que me faltaba esa tarde. Tener que hacer de canguro de un gato extraviado. El animal maulló. Parecía asustado. Se refugió en mis brazos y se tranquilizó al instante. Me acerqué con él al armario del baño en busca de una toalla limpia. Después regresé al salón y lo sequé con cuidado.

Volví a abrir la ventana con cuidado y observé el patio interior. Había tres ventanas y la única que estaba entreabierta con aquel temporal...era la de Robert. El gatito se acurrucó en mi regazo.

—¿Te has escapado de casa del intrépido Robbie? —le pregunté.

El gato maulló de nuevo.

—Vamos, te llevaré con él.

ROBERT

Con los auriculares puestos me costó al menos medio minuto darme cuenta de que llamaban a la puerta y, por supuesto, ni me había dado cuenta de que Joe había vuelto a escaparse. Sabía que el gato podía abrir la ventana y eso era un problema. No era la primera vez que aprendía a cometer ese tipo de fechorías. Tendría que encontrar la manera de disuadirlo y arreglar el cierre de una vez por todas. Por supuesto, fue un auténtico deleite ver de nuevo a Kim, con Joe en brazos. ¿Tercer encuentro en una tarde? Aquello empezaba a ser prometedor. Noté sus brazos húmedos por el contacto con el gato.

—Es tuyo, ¿verdad?

—Lo siento tantísimo. Siento que te haya importunado —contesté, cogiendo el gato y dejándolo en el suelo para que no se interpusiera entre nosotros—.

—No ha sido nada. Pero el patio da acceso a la escalera de incendios y si nos despistamos podría escaparse desde ahí hacia la calle. O caerse.

—Lo sé. Tengo que arreglar la ventana para que no pueda abrirla.

Contemplé sus ojos, abiertos de par en par. No pensaba dejar escapar esa oportunidad.

—¿Quieres pasar, Kim?

Abrió la boca para contestar y juraría que inclinó un poco el cuerpo, como si estuviese dispuesta a entrar en casa, pero se detuvo en seco.

—Gracias, pero estoy cocinando. Preparando la cena. Con la salsa.

—Ah, genial.

—De hecho...—pareció dudar unos segundos antes de lanzar su propuesta pero después habló de carrerilla—...Creo que va a sobrar. ¿Te gusta la pasta? Si te apetece, te invito a cenar.

Una sonrisa se materializó en mi cara en ese mismo instante. No podía verme, pero sí sentir como mis labios se estiraban hasta el infinito.

—Me encantaría. Muchas gracias.

—Perfecto. ¿En media hora?

—Ahí estaré, Kim.

Se dio la vuelta y se retiró de nuevo, dejándome perplejo y encantado al mismo tiempo. ¿Y esa invitación? No era algo que quisiera cuestionar, por supuesto, pero me preguntaba si había sido impulsiva o lo había meditado al menos un rato. En todo caso, daba lo mismo. No iba a dejar de aceptar su oferta.

Salí disparado hacia el baño y me di una ducha rápida. Después busqué ropa limpia en el armario. Vaqueros y una camiseta que definiese un poco mis músculos serían suficientes.

¿Podía aquello considerarse una cita? ¿O era solo un encuentro amistoso entre vecinos? Probablemente lo segundo. No había tenido ni una cita desde que había llegado a la ciudad, a pesar de la gran cantidad de chicas atractivas que me cruzaba por la calle a todas horas. El trabajo me consumía y me daba la sensación de que solo tenía tiempo de mirar unos metros a la redonda.

Por suerte Kim entraba dentro del campo de visión.

Y de mi radio de acción.

Observé a Joe, que se estaba quedando dormido en uno de los sillones. Oportuno, pensé. Espero que este pequeño cabrón no vuelva a escaparse, porque si todo va bien pasaré la noche con ella. Y con ese firme convencimiento salí de mi apartamento para acercarme a la puerta de al lado.

CAPÍTULO 4

K^{IM} Puntual, con una exactitud milimétrica. A las nueve de aquella lluviosa noche de viernes Robert llamaba a la puerta y yo ya tenía la salsa preparada. Había pasado los últimos diez minutos intercambiando mensajes con Sarah que, al parecer, era incapaz de creerse la historia de "El Follador", la salsa y el gato. Yo ya me negaba a llamarlo así, por supuesto. La bromita privada entre nosotras carecía de bastante sentido a aquellas alturas, una vez lo había asociado a una persona específica.

De todas formas, aquella referencia me puso un poco en guardia de nuevo justo antes de abrir la puerta. *No olvides lo que hace día sí y día también, todas las tardes sin excepción, Kim,* pensé. De hecho, lo más probable era que su fogosa amante no hubiese podido llegar aquel día por la tormenta.

Y tú vas y lo invitas a cenar, Kimberly Andrews. Aprovechando ese pequeño hueco en su apretada agenda, claro que sí.

No podría explicar por qué había cambiado de idea en el último segundo, justo después de devolverle el gato y de rechazar su invitación a entrar en aquella morada de perversión en la que vivía pero por la que, debía reconocer, sentía cierta curiosidad.

La cuestión era que lo había hecho y él había aceptado la propuesta al vuelo. En ese momento, la verdad, pensaba que me había metido en un pequeño lío. ¿Hasta qué punto interesa socializar con tu vecino atractivo? Si las cosas salen mal, has de verlo cada día, y si salen bien exactamente lo mismo. En definitiva: las cosas estaban a punto de ponerse un poco más intensas de lo normal y yo no estaba segura de estar preparada.

Obviamente, todas estas dudas e inseguridades salieron volando por la ventana empapada en cuanto abrí la puerta y lo vi, con una botella de vino tinto en la mano. Vaya, y yo que me había propuesto no tomar ni una sola copa más esa noche.

—Tenemos suerte de que cuento con una pequeña bodega bien surtida —me dijo.

Me aparté para que pasara. Menos mal que el apartamento no era un completo desastre. Me había dado tiempo de recoger lo más evidente y de encender un par de velas —no velas románticas, se entiende, tan solo un par de puntos de luz y un poco de aroma del bosque de Sherwood que pegaban bastante con aquella noche de tormenta—.

—Es mucho más bonito que el mío —murmuró Robert.

Sonreí y él pareció relajarse un poco.

—¿Tienes un abridor? —preguntó, alzando la botella.

—Por supuesto —contesté. Y fui a buscarlo.

La verdad es que tengo cierto buen gusto para la decoración. También para los hombres, aunque en esto la suerte no es que me haya acompañado demasiado en los últimos años. El último chico con el que había salido más o menos en serio, Alistair, se había esfumado como lágrimas en la lluvia, justo el día en el que yo pensaba tener "la conversación" respecto a si éramos una pareja o no.

Cuatro meses juntos, quedando religiosamente todos los viernes por la noche para cenar, ver una película y dormir juntos. Poco contacto durante la semana. Tal vez tenía otro plan para los sábados, pero la cuestión era que nunca me molesté en averiguarlo. En el momento en que no contestó el último mensaje que le envié —y que sabía de buena tinta que había leído—, lo borré de mi corazón y de mi agenda de teléfonos.

Los disgustos de este tipo eran cada vez menos intensos y el último había tenido lugar hacía meses, así que no sabía muy bien qué posición tomar con respecto a Robert.

Era demasiado alto y guapo como para engañarme a mí misma y tratar de convencerme de que allí no pasaba nada. Que no me gustaba. Que solo éramos dos vecinos bien avenidos dispuestos a ayudarse mutuamente cuando hiciese falta. Él me cedía el último bote de mi salsa preferida, yo rescataba a su gato. Eso era todo, ¿no? Entonces, ¿porque me ponía tan nerviosa su presencia?

ROBERT

—La pasta está deliciosa —murmuré—. Hice bien en traerte la salsa, tú le sacas el mejor partido posible.

No era un plato especialmente difícil, pero no iba a quitarle mérito.

—Es una pequeña tradición de los viernes, desde hace unos meses. Cocinar pasta con Vignelli. Me ayuda a separar la semana en la oficina de los dos días de libertad condicional que la gente llama sábado y domingo.

Me reí. Me gustaba su humor. Era lista. Seguía intimidándome su mirada profunda y oscura, pero sonreía cada vez que soltaba alguna broma y de repente se convertía en un ángel dulce e hipnótico. Quería besarla. Ya. Lo antes posible. Eso ya lo tenía claro y notaba la adrenalina, la anticipación de ese momento, recorriéndome la espina dorsal hasta llegar a la entrepierna.

—Vendré todos los viernes, entonces —contesté—. Tu nueva tradición.

—Uhmmm. Interesante —dijo Kim—. Ya tuve eso una vez. No hace mucho, en realidad.

—¿Tuviste?

Ella negó con la cabeza. Un relámpago iluminó el salón en aquel preciso instante y la sonrisa se esfumó.

—Mejor no hablemos de ese tema.

Un trueno que parecía haberse desatado en la habitación de al lado subrayó su sentencia y yo tuve claro que no debía seguir por ahí. Había entendido a la perfección la censura que imprimió Kim. Parecía evidente: los viernes y un hombre por el que tal vez había llegado a sentir algo. Algo que todavía dolía, aunque fuese el tipo de mujer orgullosa que se construye sus propios escudos.

Pero yo solo quería encontrar un resquicio en ese metal.

Terminamos la cena y llevamos los platos a la cocina. Apenas habíamos tomado una copa de vino y quedaba aún media botella, pero no sabía muy bien cómo encarar el resto de la noche. Quería que ella se sintiera cómoda, pero mis ganas de tocarla y de llevarla al sofá iban en aumento.

Supongo que mis ojos decían lo que no me atrevía a manifestar con palabras, porque ella decidió refrescar el ambiente de nuevo. ¿Una tormenta? La tormenta estaba dentro de la habitación. Me preguntó a qué me dedicaba exactamente. No era mi intención hacerme el interesante, pero bajo ningún concepto iba a explicarle lo de los vídeos eróticos. Nadie, más que el tipo que me pagaba por editarlos, estaba al corriente de aquel pequeño detalle.

—Estoy en Nueva York para trabajar en un documental sobre músicos de jazz.

—Guau. Qué interesante. ¿Lo dirigirás tú?

—Sí. Ya está casi financiado. Estoy preparando entrevistas, y mi idea es empezar a grabar en menos de un mes. Podría haber hecho todo eso desde Minnesota, pero quería venir un tiempo antes para disfrutar de la ciudad.

—¿Y qué opinas de ella?

—Es un sitio en el que quedarse, definitivamente, y sobre todo ahora que...

...*Ahora que te he conocido*. Eso era lo que iba a decir. Pero en ese preciso instante un nuevo trueno, mucho más intenso que el último, ahogó mis palabras. Oímos una especie de chispazo y en ese preciso instante se fue la luz en todo el edificio. Me quedé a oscuras, escuchando la respiración acelerada de Kim, a medio metro de distancia.

—Espera. Tengo más velas por algún sitio—dijo.

Pero en el momento en que se acercó para alcanzar el armario que había a mi espalda, dejé la copa sobre el mármol de la cocina y agarré suavemente su muñeca. La atraje hacia mí y la besé en la penumbra, mientras escuchaba con claridad la lluvia insistente del mundo exterior y su primer gemido.

CAPÍTULO 5

KIM ¿Tan evidente era que me había pasado la noche deseando que me besara? No hubo en mi cuerpo ni un amago de resistencia. Cualquier duda, cualquier miedo paralizante desapareció con un chispazo, exactamente igual que la electricidad que nos había acompañado hasta ese momento. La única claridad con la que contábamos era el lejano resplandor de una luz de emergencia, atravesando la ventana del salón, y la de la propia ciudad rendida a la tormenta.

Noté como Robert dirigía todos y cada uno de mis movimientos y eso me excitaba todavía más. Mientras seguía besándome sin intención de concederme ni un segundo de respiro, deslicé mi mano por su pecho y empecé a desabrocharle la camisa. Acaricié el vello oscuro y recio que lo cubría y fui consciente de cómo iba subiendo su temperatura.

Se acercó aún más, me giró y me situó de cara al fregadero. Me bajó la falda y se deshizo de ella en un suspiro, gracias en parte a que en algún momento de la cena me había quitado los zapatos. Se agachó y la retiró por completo. Al levantarse deslizó su mano derecha por la parte interior de mis piernas, hasta llegar arriba.

Me acarició como si supiera exactamente los centímetros que debía alcanzar para tenerme a su merced. Me pareció injusto, casi un poco obsceno, que él conservara aún toda la ropa mientras yo ya estaba prácticamente desnuda. Y más aún cuando noté su lengua perdiéndose por mi espalda y entre mis piernas. Traté de girarme. Quería verlo, pero Robert me sujetó y me inmobilizó.

—Espera —murmuró.

Con la mano que le quedaba libre empujó mi espalda suavemente para que me inclinase sobre el fregadero. Noté como su aliento recorría toda mi espina dorsal mientras se ponía de nuevo en pie. Me abrazó y me susurró al oído, mientras introducía su mano en mis braguitas y masajeaba mi clítoris despacio, con movimientos circulares y certeros.

—Intenté venir a verte hace unos días, cuando te vi en la calle. No pude controlarme. Te seguí y descubrí que éramos vecinos. Desde ese día he estado deseando volver a verte y, sobre todo, tenerte así, incapaz de resistirte a esto. Voy a hacer que disfrutes esta noche, Kim.

Deslicé mi cabeza hacia atrás apoyándola en su hombro izquierdo. Llevé la mano a mi espalda y busqué el cinturón de sus vaqueros. Lo liberé todo lo rápido que pude porque necesitaba que las cosas avanzasen más deprisa. Pero Robert no parecía muy interesado en culminar todo aquello. Era como si quisiera recrearse, saborear cada segundo y torturarme un poco.

Empezó a besarme el cuello y la oreja e imprimió un ritmo endiablado a su mano. Metí la mano en sus pantalones y palpé la enormidad de su miembro, que parecía crecer y crecer con cada mínimo movimiento. Terminó de quitarme la camisa. La lanzó sobre el sofá. Después abrió el grifo y se mojó las manos. Con ellas me levantó el sujetador, dejando mis pechos libres y deseando ser agarrados y apretados. Volvió a jugar con el agua y con la mano derecha mojada llevó sus dedos de nuevo hacia abajo y me los introdujo muy despacio. No era necesario humedecerlos, en absoluto; porque yo ya estaba completamente empapada.

—Por favor...Robert —murmuré.

Apenas me salía la voz de la garganta.

ROBERT

Completamente extasiado. Así estaba. Aquella mujer me arrastraba sin compasión y aunque me permitía sujetarla y someterla con la lengua y las manos, yo ya sabía que estaba perdido. Que nada me motivaba más en este mundo que colmarla de placer y darle todas y cada una de las cosas que se le antojasen.

La manera en que buscaba mi polla, como se retorcía buscando el contacto constante de nuestros cuerpos, como se estaban desatando los sonidos en su garganta, alienándonos por completo de la tormenta apocalíptica que se precipitaba en el mundo exterior.

No podía perderme sus ojos mientras le daba lo que quería. No estaba dispuesto. Permití que se girase. Kim se echó hacia atrás, exhibiendo sus tetas perfectas. Eran como un imán para mí y para mi boca. Empecé a lamerlas como un descerebrado mientras ella, liberada de mi abrazo, me bajaba los pantalones.

La levanté en brazos y, después de retirar del todo sus braguitas, hice lo que me pedía su mirada y su boca entreabierta. La penetré muy despacio. Necesitaba sentir cada resquicio de su interior. A nuestro lado, el grifo seguía abierto y un relámpago volvía a iluminar el apartamento. El trueno que lo siguió sirvió para que Kim ahogase un grito de éxtasis.

Aumenté el ritmo, porque yo tampoco iba a poder aguantar mucho más. Ella estiró la mano y la mantuvo bajo el grifo unos instantes. Después deslizó sus dedos por la melena, humedeciendo su pelo, enfriándose en vano, pues la abracé con más fuerza aún, hundiéndome todavía más en su cuerpo. Me besó, sonriendo satisfecha, siendo testigo de mi descontrol y en ese momento, dos segundos antes de deshacerme en medio de un brutal orgasmo, conseguí salir de ella y correrme entre sus muslos.

La abracé. No nos habíamos movido de la cocina desde hacía rato y no sabía si sería capaz de separarme de su piel. Kim pasó la mano por su pierna, limpiando mi rastro. Se enjuagó las manos en el fregadero y justo en ese momento, la luz volvió a encenderse, devolviéndonos a una realidad distinta.

Era como si el mundo hubiese cambiado en solo quince minutos.

—¿La última copa de vino? —me preguntó.

Asentí, sin poder articular palabra.

Pasamos el resto de la noche en el sofá, contándonos nuestras vidas previas, las mismas que ya eran historia. Me sentía tan afortunado. ¿Cómo podía haber tenido la semejante suerte de encontrarla en una ciudad con más de ocho millones de personas? Apoyó la cabeza en mi pecho y habló de su trabajo, de su hermana Sarah, de sus pequeñas obsesiones y sus series favoritas.

Cuando noté que el ritmo de la conversación se apaciguaba tuve claro que quería dormir con ella esa noche, y todas las noches posibles. Nos fuimos a la cama y allí, mientras la tormenta parecía darnos una pequeña tregua, el sueño desaparecía y la llama volvía a encenderse, porque no podía, me era totalmente imposible, estar desnudo junto a ella y no querer saciarme de su cuerpo. Tal vez serían las cuatro de la madrugada cuando por fin nos dormimos, agotados de tanto sexo. Kim se acurrucó bajo mi pecho y descansó por fin.

Cuando me desperté, ella dormía profundamente y la tormenta cobraba fuerza de nuevo. *El gato*, pensé. Tenía que darle de comer y asegurarme de que no se había vuelto a escapar. Le susurré a Kim en el oído que tenía que irme, y juraría que me contestó de manera semi consciente.

Me levanté, me vestí, tranquilo al saber que mi refugio estaba apenas a cinco metros de casa y que regresaría a él, a ella, en cuanto me hubiese liberado de mis obligaciones.

Entré en casa. Todo estaba bien con Joe. Ronroneó al verme y trató de enredarse con mis manos, como hacía siempre que quería jugar. Rellené su cuenco de comida y me dejó en paz. Encendí el ordenador y revisé mi cuenta de correo. Había un encargo urgente. ¿Podía editar un vídeo esa misma mañana? Preparé un café y me puse a ello. Busqué los auriculares y no los encontré por ningún sitio. Me dio igual. Me puse a trabajar enseguida.

Solo podía pensar en que cuanto antes terminase, antes podría volver a su lado.

CAPÍTULO 6

K**IM** Odio despertarme sola después de una noche como la que habíamos pasado juntos. Perfecta en toda su dimensión. Enseguida noté la cama demasiado vacía, y el agua que caía del cielo y golpeaba la ventana de mi dormitorio no invitaba a salir de las sábanas. Me estiré por completo en la cama. Estaba excitada y un poco dolorida. El reloj de la mesita de noche marcaba las once. No recordaba la última vez que me había despertado tan tarde.

Me levanté desorientada y el reconocible escozor entre mis piernas fue una realidad, una huella del sexo más increíble que había tenido nunca. Me acerqué a la cocina para encender la cafetera y contemplé el escenario del crimen.

Paseé las manos por el mármol de la cocina, reviviendo cada instante de nuestro encuentro intenso y descarnado. Desmonté la cafetera y abrí el grifo para llenarla de agua. Pasara lo que pasara, cada vez que pusiese un pie en esa cocina iba a revivir lo sucedido.

Ese pensamiento me agobió un poco. Agradecí que Robert se hubiese esfumado, en el fondo. Necesitaba aquel espacio para pensar en lo que había pasado y, equivocadamente, convencerme de la pésima idea que había sido liarme con mi vecino.

Cogí el café, puse uno de mis discos favoritos para eclipsar aquella tormenta que no me daba ni un respiro y me acurruqué en el sofá. El salón estaba oscuro y se había convertido en el ecosistema perfecto para entrar en una de mis pequeñas espirales autodestructivas.

Mi móvil parpadeó, pero en ese momento nada que no fuese Robert me importaba demasiado, y yo a él no le había dado mi número. ¿Para qué? No me lo había pedido y estábamos literalmente a unos metros.

Cogí el teléfono. Era Sarah:

¿Qué tal anoche? Acabo de ver las noticias.

Vientos huracanados en Manhattan en las próximas horas.

Cuídate, hermanita.

Lancé de nuevo el teléfono sobre unos cojines. No estaba de humor. Reconocía el agobio que se apoderaba de mí cuando no sabía muy bien si había cometido un error o si había hecho lo correcto dejándome llevar. Miré el fregadero desde el sofá y di un nuevo sorbo al café.

Juraría que Robert me había susurrado algo al oído justo antes de marcharse por la mañana, pero, ¿qué era? Estaba medio dormida. No lo oí marcharse. Alcancé el teléfono y le envié una nota de voz a Sarah. Le conté una versión reducida de lo que había sucedido —obviamente, si los detalles íntimos. O al menos, no todos—.

Me contestó con un mensaje al cabo de unos minutos, contestando una pregunta muy específica que yo le había hecho. Era sábado. No tenía previsto salir de casa, siguiendo las recomendaciones de las autoridades. Esta era la opinión de Sarah respecto a mi dilema, que no era otro que si debía o no ver a Robert de nuevo ese mismo sábado, con el peligro de que aquello se convirtiera en un romance de fin de semana y que tanta proximidad matase cualquier posibilidad de encontrarnos de nuevo:

No hagas nada. Espera a ver qué hace él.

Eso fue todo y esa simple propuesta desencadenó en mí una nueva secuencia terrorífica. Tecleé a la velocidad de la luz:

¿Qué pasa si no vuelvo a saber nada de él?

¿Si solo ha sido una noche, sin más?

Sarah respondió al instante. Todas las alarmas se habían encendido. A veces ella es la sensata de las dos, a pesar de ser mi hermana pequeña:

Kimmy. No entres en el bucle de negatividad, que nos conocemos. Relax. No tienes que hacer nada. No empieces a darle vueltas al asunto. Te propondría salir de compras pero la tormenta no da tregua. Intenta entretenerte con algo.

Tenía toda la razón, vaya si la tenía. Me levanté y regresé al dormitorio para hacer la cama. Un nuevo relámpago iluminó el cielo. Me tumbé sobre las sábanas. Dios mío, ¿cuántas veces lo habíamos hecho aquella noche? ¿Por qué sentía que me era imposible parar? ¿Y por qué no podía resistirme a la tóxica idea de que aquello era demasiado bueno como para repetirse?

Observé el cuadro que colgaba encima de la cama. Era increíble y surrealista que solo nos separase una pared.

Me incorporé sobre el colchón y me acerqué a ella. Puse la oreja sobre el muro y entonces fue cuando los oí claramente. Los gemidos de una mujer. ¡Otra vez! El sonido inequívoco del sexo. Mucho más discretos esta vez, pero ahí estaban.

Maldito seas, Robert.

Soy la número uno extrayendo conclusiones equivocadas, pero a veces también acierto. ¿Era posible, por alguna retorcida razón, que ese fuera exactamente el motivo por el que Robert se había largado corriendo aquella mañana? ¿Porque había quedado con su novia o lo que quiera que fuese? Dios mío, ni siquiera habíamos tenido una conversación lo suficientemente profunda como para extraer conclusiones sobre si estaba o no con alguien.

Me había precipitado. Me había dejado llevar, incapaz de resistirme a sus manos y a todo su cuerpo y ya había empezado a pagar las consecuencias.

Yo más o menos lo había dejado claro, pero él había sido hermético al respecto. El decoro me había impedido preguntarle por ese furioso ruido sexual que traspasaba la pared que nos separa. Pero todo cae por su propio peso. La cuestión era, ¿valía la pena enfadarme, cruzar el pasillo y aporrear su puerta en aquel preciso instante?

No. Probablemente no.

Quédate con esa noche grabada a fuego en la memoria porque no se va a repetir. Eso era lo que me decían mis demonios interiores, convertidos para la ocasión en un coro griego.

Regresé al salón y me hundí en el sofá, esperando que pasase la tormenta. Mirando por la ventana. Fue entonces cuando vi algo que se movía allí fuera, bajo la lluvia incesante. Se deslizaba por el borde del patio, con serio peligro de precipitarse.

Era Joe, el gatito de Robert. Y de nuevo una de sus ventanas abiertas.

¿Por qué demonios permitía que se escapara? ¿Era incapaz de controlar a su propio gato? ¿O el problema era, simplemente, que estaba demasiado ocupado follándose a otra? Abrí la ventana para que el gato me viese y pudiese entrar en casa. La lluvia empezaba a caer con más fuerza y el viento, tal y como me había advertido Sarah, empezaba a arreciar.

—¡Eh! ¡Joe! ¡Ven aquí enseguida! ¡Vas a caerte y te podrías hacer daño!

Dios mío, le estaba hablando a un gato pasota que no hacía caso a nadie. Observé sus movimientos. No era tan ágil como podríamos suponer. Resbaló y maulló. Si caía a la calle podría hacerse daño.

Agité uno de los cojines más coloridos que tenía en el sofá para llamar de nuevo su atención. No hacía caso. Se había quedado petrificado. En ese momento pensé que no había tiempo de avisar a Robert. Salí con cuidado por la ventana y me dirigí con cuidado hacia la escalera de incendios para tratar de alcanzarlo. Y justo entonces, perdí a Joe de vista. Iba con tanto cuidado para no caerme y la lluvia me empapaba de tal manera que mi campo de visión se nubló por completo. Empecé a bajar por la escalera de incendios lo más despacio posible, algo que, por cierto, estaba completamente prohibido por nuestro estimado casero, porque era bastante peligroso.

CAPÍTULO 7

R OBERT
No daba crédito a lo que estaba viendo por la ventana. A ella. A Kim, vestida con vaqueros y una camiseta blanca de tirantes, aventurándose por la ventana, tratando de alcanzar la escalera de incendios. ¿Qué demonios pretendía?

Me levanté de la silla en la que llevaba horas trabajando y me acerqué a la ventana. Desde allí vi como se deslizaba con cuidado por la maldita escalera de hierro. La lluvia la golpeaba con cierta violencia, empapando su melena y pegando la camiseta a sus pechos. Me endurecí al instante y al minuto siguiente traté de recomponerme, porque era evidente que había cierto peligro en sus movimientos. Aquella escalera no era segura. Ni de coña.

Abrí la ventana.

—¡Kim! —grité—. ¿Qué estás haciendo?

Pero el viento y la lluvia ahogaban mi voz. Me asomé del todo, sacando medio cuerpo por la ventana. Kim ya descendía por el piso de abajo, el segundo, y en un momento dado, vi como sus manos resbalaban, volviendo a sujetarse al instante.

—¡Mierda! ¡Kim!

Cogí un paraguas y salí disparado hacia la calle por la escalera interna del edificio. Di la vuelta a la manzana corriendo, con la esperanza de que hubiese llegado abajo sana y salva, para comprobar horrorizado que la escalera del primer piso, en el que ya estaba ella, tenía uno de los peldaños sueltos. Kim llevaba en brazos a Joe y avanzaba despacio, pero no podía haber visto el peldaño suelto.

—¡Kim! —grité de nuevo.

Llegué en el momento preciso en que su pie pisó la traba y la barra de hierro cayó con gran estrépito al suelo. Estaba a unos tres metros de altura. Solté el paraguas y logré atraparla en mis brazos antes de que cayese al suelo encharcado. Joe saltó sobre el asfalto y se resguardó rápidamente bajo una de las cornisas.

Observé sus labios empapados y su gesto de sorpresa, y entendí al instante, sin ninguna posibilidad de duda, que aquella era la mujer con la que quería pasar el resto de mis días. Cuando lo sabes, lo sabes, ¿no es así? Ella, en cambio, estaba visiblemente cabreada.

—Bájame enseguida, Robert.

La dejé en el suelo. La lluvia seguía empapándonos. Recogí el paraguas y lo abrí para aplacar la tormenta.

—¿Qué hacías?

—¿Que qué hacía? Rescatando a tu gato, obviamente. Si tuvieses un poco más de cuidado no se escaparía a todas horas.

Joe estaba petrificado junto a la pared, observándonos. Me acerqué y lo cogí en brazos.

—Lo siento, mucho, Joey. Hemos de arreglar esa ventana, ya.

¿Por qué estaba tan enfadada? Me siguió hasta la puerta de entrada del edificio. No me había atrevido a besarla cuando la tenía en brazos. Algo me decía que mi deliciosa vecina no tenía un buen día.

—Estaba ocupado, Kim. No me he dado cuenta de que Joe no estaba.

—Lo sé. Oh, sí. Sé bien que estabas muy ocupado, Robert. Y divirtiéndote bastante, también.

Me giré y la esperé. Estiré el brazo para hacer que se acercase y se colocara bajo el paraguas, aunque ya daba igual, ambos estábamos completamente empapados.

—¿Qué quieres decir?

—¿Cómo que qué quiero decir? No soy idiota. Llevo toda la mañana oyendo vuestros gemidos.

Si no fuese por la urgencia del momento hubiese explotado de risa. De manera que Kim sí que había interpretado que... Oh, no. No. Era hilarante. La noche anterior no había querido contarle que aquellos vídeos me proporcionaban el dinero necesario para pagar el alquiler y sobrevivir hasta que empezase a distribuir mi proyecto documental.

Me miró. La ira rebasaba sus ojos oscuros. Estaba muy, pero que muy molesta. Y también increíblemente guapa.

—Estaba trabajando, Kim.

—Ya. Trabajando. Las paredes que nos separan son demasiado finas, ¿sabes?

Respiré profundamente. Tal vez no era el mejor lugar ni el mejor momento para tener aquella conversación, pero cuanto antes se lo dijese antes podría retomar la misión inevitable de conquistarla.

—Escúchame. Mientras todo el asunto del documental sale adelante tengo que...

Ella me interrumpió.

—Robert, no me parece que estemos precisamente en un momento en el que nos debamos explicaciones. Ni mucho menos. Lo que pasó anoche fue...

—Fue increíble —dije.

Sus labios temblaron. Seguíamos empapados, corriendo el riesgo de ponernos enfermos y sin embargo no iba a dejar escapar la oportunidad de dejar clara mi intención, que no era otra que despertarme a su lado cada día

—No puedo negarlo —repuso—. Pero tal vez lo mejor va a ser tomarse las cosas con un poco de calma.

—No, Kim. No quiero tomármelo con calma. Siento no haber sido del todo transparente. El ruido que oyes a través de la pared...proviene de un vídeo. De varios vídeos, de hecho. Me dedico a editarlos. Pagan demasiado bien y no puedo permitirme ahora mismo prescindir de ese dinero. No era consciente del volumen hasta que empecé a usar auriculares para trabajar y ahora que lo pienso, hay días que no los uso. Soy un idiota, debería habértelo dicho, pero es que no es algo que vaya contando por ahí a todo el mundo. Debí suponer que mi vecina de al lado se molestaría. Y más después de haber pasado juntos la noche más perfecta que recuerdo.

Me miró perpleja, como si todo encajase de repente.

—¿Quieres decir que...?

—Que no hay nadie más, Kim. Por supuesto que no. Y que ahora mismo no hay ninguna otra cosa que me interese más que pasar todo el tiempo posible contigo.

Una sonrisa empezaba asomar en sus labios en ese preciso instante, y para mí fue la luz verde que necesitaba para saborearlos una vez más. Llevaba demasiadas horas sin besarla. En aquel momento me urgía acompañarla a casa, quitarnos la ropa mojada y meternos bajo una ducha bien caliente. Juntos. Y eso era lo que pensaba hacer. Después de besarla, me acerqué a su oído y le susurré mis planes.

Kim asintió.

—Ah. Y gracias por rescatar a Joe.

—Gracias a ti por evitar que me rompiese una pierna.

Nos reímos. La cogí de la mano, y entramos de nuevo en el edificio. Esperaríamos juntos a que pasara aquella endiablada tormenta y disfrutaríamos de todos y cada uno de los días soleados que estaban por venir.

FIN

CONTENIDO EXTRA

A continuación puedes leer los primeros capítulos de mi novela

NEREA TRAS LA PISTA.

CAPÍTULO 1

—¿En serio? ¿Otra noche de sábado más desperdiciada en el sofá? —le preguntó Anita, su compañera de piso, dos segundos antes de lanzarle la toalla húmeda que llevaba enroscada en el pelo desde hacía un rato—. Va, anímate, vístete en un momento y me acompañas al Meteorito.

—¿No es ese el bar en el que antes de la una de la madrugada ya se te quedan pegadas los zapatos al suelo? —preguntó Nerea, lanzándole de vuelta la toalla—. Esto es asqueroso, por cierto. Nos convendría renovar las toallas, ¿no crees?

Anita resopló. Consultó el reloj en su móvil.

—No son ni las diez de la noche —insistió—. ¿Por qué no bajas conmigo a tomar una cerveza, esperamos a las demás, y luego te vuelves a casa?

Nerea negó con la cabeza.

—Ni hablar. Ya me conozco esa jugarreta. Luego no pararéis de insistir hasta que os acompañe de fiesta hasta las tantas. Y no me apetece salir.

—Nerea, cariño. Tienes veintiocho años. Mi abuela sale más que tú. Además, salir de noche para ti es como ir al gimnasio. Te da un palo horrible antes de salir por la puerta, pero reconoce que una vez allí te lo pasas bomba y luego te cuesta volver a casa.

Nerea se rio.

—Para nada. Todo lo contrario. Lo que me pasa por la cabeza mientras bailáis en la discoteca es que en ningún sitio estaría mejor que en casita leyendo.

Anita hizo un exagerado gesto, como si le faltara el aliento de repente a la persona más ofendida del mundo.

—¿Pero tú te estás escuchando? —exclamó, haciendo aspavientos.

CONTINUÓ PROTESTANDO en voz alta mientras desaparecía por el pasillo del céntrico apartamento que compartían en la ciudad. Su voz iba y venía. Aquella era una conversación que ya habían tenido en varias ocasiones. Hacía unos tres meses que Nerea evitaba salir de noche, exactamente desde que lo había dejado con Rubén, su último novio. El asunto aún no había cicatrizado y no había nada que le cabrease más que encontrárselo por los bares que frecuentaban las chicas, ya que era precisamente en uno de ellos donde lo había conocido. Y tener que ignorarlo, claro.

Anita volvió al ataque. No era de las que se rendía a la primera.

—Yo solo digo que no puedes seguir esquivándolo toda la vida, Nere. Vive cerca. Asúmelo. ¡Pasa de él! ¿Y qué más da si te lo encuentras? Haz como si fuera invisible y ya está.

Nerea resopló teatralmente. Odiaba que le sacase aquel tema.

—Mira, en el fondo no tiene nada que ver con Rubén. No me apetece salir, es todo —contestó para zanjar el tema.

Pero si algo caracterizaba a Anita era su tenacidad e insistencia. Se sentó a su lado en el sofá, con un espejo en una mano y las pinzas de depilar en la otra, preparada para disparar sus últimos cartuchos.

—Te pasas la semana trabajando, tía. Esa es otra. Desde que estás en Trish Cosmetics es como si no tuvieras vida social. Pero tendrías que salir más a divertirte. Te echamos de menos.

Le dedicó un puchero y enseguida se enfrascó en la tarea de perfilar sus cejas.

—Bueno, desde que Susana viaja tan a menudo a Canadá me pasa más trabajo. Y en el fondo lo agradezco. Estoy aprendiendo un montón y me ha ayudado mucho a tener la mente ocupada. ¿Qué estás haciendo?

—¿No lo ves? Me arreglo un poco las cejas. Están fatal.

Las cejas de Anita ya eran muy finas, producto de esa mala costumbre de ir con las pinzas a todas partes y a todas horas.

—Yo de ti pararía con eso. Pareces la bruja Maléfica. La de Disney. ¡Qué daño nos hicimos en los noventa con este asunto de la depilación de cejas! Las que ignoramos esa moda horrible en su día ahora estamos de enhorabuena —sentenció Nerea, pasando la yema del dedo índice por su ceja izquierda.

—¡No me cambies de tema! Va, te espero en el Meteorito en una hora. Una cerveza conmigo y te prometo que no abriré la boca si quieres regresar a casa. No me quejaré. Pero al menos salimos un rato a que nos dé el aire, ¿no?

Nerea la miró, con cara de circunstancias. Estaba claro que no iba a tirar la toalla.

—Además, ¿qué pensabas hacer?

—Ver algún documental de crímenes reales, tomarme mi dosis de melatonina y meterme en la cama a las doce.

Anita se rio.

—Nada más que añadir, señoría. Te espero en el bar, bien acodada en la barra y guardándote un sitio. ¡Y no tardes, porque estaré sola! ¿Y no querrás dejarme sola en un bar, verdad?

SE LEVANTÓ RUMBO AL baño, con la intención de encerrarse durante unos diez minutos. Anita era rapidísima arreglándose para salir. Nerea sopesó su oferta. Realmente no era tan mala idea y no le costaba tanto calzarse unas zapatillas deportivas, cambiarse la camiseta, recogerse el pelo en un moño alto y darse un toque de corrector, colorete y máscara de pestañas. Podía bajar, tomarse una cerveza, esperar con Anita a que llegasen sus amigas y, en cuanto estuviese acompañada, largarse por donde había venido y hacer exactamente lo que le había dicho que iba a hacer: ver un documental y luego irse a dormir a la hora de la Cenicienta, sin ningún problema ni remordimiento. Tal vez, incluso, podría madrugar y hacer algo interesante el domingo por la mañana, en lugar de caerse de la cama a la una de la tarde y rodar hasta casa de sus padres para la consabida comida familiar.

Anita atravesó de nuevo el pasillo para ponerse sus botas y pasar el contenido de su "bolso de entre semana" a su "bolso de fin de semana". Había dado por sentado que Nerea abandonaría el sofá para unirse a ella, así que no insistió más. Siguió con su cháchara hasta que abandonó el apartamento, cerrando la puerta con demasiado ímpetu.

NEREA SUSPIRÓ Y TRAS reunir todas sus fuerzas, se levantó del sofá. Rara vez salían juntas de casa. Por lo general tenían horarios distintos y acababan citándose en sitios específicos cuando habían quedado con el resto de amigas de Anita.

Hacía ya dos años que las conocía, en concreto desde que encontró en Facebook la oferta de Anita para alquilar una de las habitaciones que había quedado libre en casa. En un principio eran tres inquilinas, pero la tercera, una estudiante francesa llamada Audrey, había decidido volver a su país de forma repentina. Finalmente decidieron no alquilar aquella habitación extra y así contar con un poco más de espacio y de intimidad.

Pasaban las diez y media cuando Nerea salió por fin a la calle, vestida con pantalón negro y un top blanco y holgado. Eran las últimas semanas de noviembre y a pesar de que el cambio climático hacía aún de las suyas, cogió en el último momento su cazadora de piel negra, cubierta de tachuelas y desdramatizada con algunos parches de colores. Se dejó la melena, larga y de tono castaño oscuro, al natural, cayendo sobre los hombros. Unas zapatillas Adidas blancas y una pequeña riñonera de piel rosa, que llevaba colgada al hombro como si fuera un bolsito, completaban su *look* casual en aquella noche de sábado.

Cada vez convivía mejor con el hecho de que no le gustaba demasiado salir de fiesta, a pesar de que todo el mundo parecía tener una opinión al respecto y nadie dudaba en soltarla a la primera de cambio. Tenía veintiocho años y estaba soltera de nuevo, sí, pero no sentía ninguna necesidad de "quemar la noche". Le gustaba quedar con Anita y las chicas, o con las compañeras de Trish Cosmetics, para tomar algo después del trabajo, y después hacer vida más o menos hogareña. Disfrutaba estando en casa, en su habitación, perderse en ese agujero negro que era Internet, viendo películas, haciendo compras *online* o leyendo.

Lo de Rubén había sido un severo palo, la verdad, y cuando lo dejaron se le vino el mundo encima, pero pronto entendió que no era el hombre de su vida y que tal vez era un buen momento para disfrutar de la soltería. No como se entiende habitualmente "disfrutar de la soltería". No. No sentía demasiado interés en ligar a todas horas. Simplemente deseaba estar en paz consigo misma durante una larga temporada. Pero Nerea tenía ojos en la cara, por supuesto. No iba a descartar, en un momento dado, el simple hecho de dejarse llevar si le surgía una oportunidad o si conocía algún chico interesante.

NEREA LLEGÓ AL METEORITO en apenas diez minutos, y a pesar de la hora temprana el bar ya estaba bastante animado. Se encontraba en una de las calles más animadas del Raval, el antiguo "Barrio Chino" de Barcelona, que era donde vivía con Anita. Otro tema era que con el tiempo sentía que le apetecía un poco alejarse del meollo de la ciudad y, tal vez, mudarse a una zona más tranquila. Vivir sola era uno de sus proyectos para el próximo año, ahora que todo parecía ir bien con Trish Cosmetics y Natalia, la directora de la sede nacional, le había dado más responsabilidad, acompañada de un interesante aumento de sueldo. Pero Anita no sabía aún nada de todo esto y prefería no abrir ese melón por el momento. Intuía que no le iba a hacer demasiada gracia perder a su compañera de piso y tener que buscar a alguien nuevo.

TODO POR UNA TORMENTA

La encontró sola, apoyada en la barra, en el punto exacto donde siempre se sentaba. El Meteorito era uno de los bares de referencia de los chicas, uno de los cuatro o cinco donde solían quedar para empezar la noche. Anita había pedido una cerveza y estaba charlando con el camarero, un italiano llamado Mauro.

Ella no lo había querido reconocer, pero era evidente que Mauro le gustaba, y bastante. Por eso se las había apañado para plantarse siempre en el bar sola y cuando apenas había nadie, para "esperarlas allí". De esa manera se aseguraba que él aún no estaba demasiado ocupado y podía conversar con ella un rato. No estaba nada mal como estratagema. Anita no pareció sorprendida en absoluto de verla aparecer por allí y de que finalmente se hubiera animado a levantar el culo del sofá.

—Algún día tendrás que contarme por qué tienes tanto interés en estar siempre aquí la primera —le dijo Nerea, al mismo tiempo que saludaba con un gesto a Mauro.

Su compañera de piso soltó una risita.

—Ya sabes que me gusta siempre llegar pronto para reconocer el terreno.

—Lo bueno es que si te lías con él —dijo, inclinando la cabeza disimuladamente en dirección a Mauro, me enteraré sin necesidad de que me lo digas, porque lo más probable es que me lo encuentre en nuestra cocina cualquier día de estos.

Anita suspiró y fue entonces, gracias a una sutil caída de párpados, cuando Nerea se dio cuenta de que aquello no era un simple entretenimiento de fin de semana. Mauro puso sobre la barra una cerveza para la recién llegada y le dedicó una gran sonrisa. Después se alejó para atender a otro cliente.

—Te gusta Mauro. No lo niegues. Es más que evidente.

Anita la miró sorprendida, pero aunque hubiese jurado que no, los ojos brillantes la delataban demasiado. Resopló, al tiempo que se giraba en el taburete y le daba la espalda al camarero, para evitar que él la oyese.

Nerea saboreó el primer trago de cerveza de la semana. No tenía previsto precisamente interrogar a su amiga y compañera de piso respecto a su nuevo objeto de interés amoroso, pero para su sorpresa, Anita empezó a hablar:

—Bueno, no es que me guste. Es que ya ha habido algo.

—¿Qué? ¿Cuándo? ¿Y no me cuentas nada? Habla.

En aquel momento el móvil de Anita vibró y su resplandor iluminó el interior de su bolsa de tela. Echó mano del teléfono y leyó el mensaje que acababa de aterrizar.

—Genial. Carla y Andrea. Se van a retrasar al menos una hora, dicen.

—¿Y eso?

—Una inundación en la cocina de alguien.

—Bueno, no pasa nada, ya estoy aquí para hacerte compañía hasta que lleguen. Ibas a contarme lo de Mauro.

Anita abrió la boca para contestar y de repente notó cómo era incapaz de cerrarla. Y no precisamente porque se le hubiese olvidado la intensa noche que había pasado hacía solo siete días en los brazos de Mauro, sino porque justo en aquel momento entró una chica en el bar, se acercó a la barra y volcó el torso sobre la superficie por la que él acababa de pasar una balleta húmeda. Le dio un beso al camarero que no dejaba lugar a dudas sobre el tipo de relación que había entre ellos.

CAPÍTULO 2

—Es que no me lo puedo creer. No puedo, en serio —dijo Anita, ofendidísima—. Tú acabas de ver lo que yo he visto, ¿no? Confírmame por favor que no ha sido un espejismo.

—No ha sido un espejismo —repitió Nerea.

Anita hizo acopio de toda su energía para que la decepción no asomase a borbotones en su cara. Acababa de confesarle a su amiga que aquel tío le interesaba y de repente aparecía otra y le plantaba un besazo en los morros delante de ella, sin ningún tipo de pudor ni de vergüenza.

—A lo mejor son actores —dijo Nerea, sin demasiada convicción—. En ese ámbito se pasan la vida dándose "picos" entre ellos en plan saludo.

—Mauro no es actor. Y eso no era un pico. ¿No has visto como ella lo sujetaba por las mejillas y sostenía su cara delante de la suya durante unos segundos más de lo normal?

—Entonces, ¿crees que es su novia? Qué fuerte.

Anita soltó su botella de cerveza en la barra y giró un poco más el torso sobre el taburete, dando por completo la espalda a Mauro y a la recién llegada, que ahora charlaban animadamente. Nerea, como elemento externo a la situación, se permitió la posición de espectadora en aquella situación.

—Uf, sí —le confirmó a su amiga—. Ahí hay algo. Pero.. a ver... ¿entonces? ¿Qué ibas a contarme? ¿Que os habéis liado?

Nerea se la quedó mirando y por un segundo creyó que estaba a punto de llorar. De repente saltó del taburete, cogió su bolsa de tela y se la colgó al hombro.

—¿Qué te parece si nos vamos de aquí? Necesito que me dé un poco el aire.

Nerea apenas se había terminado la cerveza, pero captó sin ninguna interferencia el código de alarma que estaba emitiendo Anita. Iba a salir del bar con o sin ella, aquella absurda situación la estaba desbordando por momentos, lo que indicaba que el asunto con Mauro había cobrado unas dimensiones de las que ella no era consciente.

Dejó la botella sobre la barra.

—Claro, vámonos de aquí.

SALIERON A LA PUERTA del bar, donde un grupo de fumadores se agolpaba. En ningún momento se despidió de Mauro, que probablemente tampoco reparó en que las chicas se habían largado con sus consumiciones a medias.

—¿Quieres ir a otro sitio?

—No. ¿Qué te parece si volvemos a casa?

¡A casa! Entonces, la cosa era peor de lo que pensaba.

—Sin problema. Pero, ¿qué te parece si compramos algo de comer por el camino? ¿Unas empanadillas, por ejemplo? —preguntó Nerea.

—No tengo hambre. Pero sí, perfecto.

Se detuvieron en una tienda de comida para llevar de la calle Arturi y compraron una bolsa enorme de empanadas argentinas de varios tipos. Se moría de ganas de interrogar a Anita, pero era consciente de su silencio meditativo y consideró que era mejor que ella misma contase lo que le apeteciera.

—¿Estás segura de que quieres volver a casa? ¿Y si nos comemos todas estas empanadas y buscamos otro bar para esperar a Carla y Andrea?

Anita negó con la cabeza.

—No creo que vengan. Bah, luego les envío un mensaje abortando la misión de esta noche.

Aquello sí que era una novedad. ¿Dar plantón a las tardonas? ¿Qué le estaba pasando a Anita de repente? Estaba rarísima. En fin, ahora sí que se moría de curiosidad.

—Bueno, ¿no me vas a contar lo que ha pasado con Mauro? —le preguntó. No podía aguantar más.

—¿Y qué más da? Ya da igual. El martes me soltó un rollo sobre las relaciones abiertas y cómo tenían todo el sentido del mundo, y yo lo ignoré. Le escuché, pero no procesé sus palabras. Hoy por fin he entendido lo que quería decir.

—¿El martes? ¿El martes os visteis?

—Sí. El martes pasé a tomar una cerveza y estuvimos hablando un rato. Me escribió diciéndome que el bar estaba casi vacío y que me invitaba a tomar algo y bajé.

Anita le arrebató la bolsa con las empanadas y metió la mano en busca de su favorita, la de carne con atún.

—He sido una idiota. Por un momento pensaba que estaba interesado en mí.

NEREA BUSCÓ PALABRAS para consolar a su amiga, pero no las encontraba. *Él se lo pierde, seguro que en el fondo le gustas,*

italiano tenía que ser, o *enseguida conocerás a otro*. Todas funcionaban en aquella situación pero sentía que ya se las había repetido tantas veces que, en cierto modo, habían perdido significado y se habían acabado convirtiendo en tristes lugares comunes. A veces es mejor no decir nada y, simplemente, focalizar la atención en algo que no sea el turbulento mundo de los hombres y cómo nos relacionamos con ellos.

—Oye. ¿Quieres ver el documental de la alcaldesa de Daimona conmigo? ¿Te apetece? Era mi plan original para esta noche, ya sabes.

—¡Tú y tus documentales sobre crímenes!

—¿Qué vas a hacer, si no? ¿Dormir? Además, es mejor no irte a la cama después de engullir todas estas empanadas. Mañana no podrías levantarte.

Rodeó los hombros de su amiga con el brazo. Anita era más baja que ella, por lo que este era un gesto que solía hacer a menudo. A pesar de que era algo mayor que ella, Nerea sentía que eran demasiadas las veces en las que ejercía de "madre". En el fondo le molestaba, y le dolía, que la noche de su amiga se hubiese venido abajo por aquel capullo integral de Mauro.

—¿Estás segura de que quieres volver a casa? —meditó unos segundos su propuesta—. Mira, si realmente querías salir, estoy dispuesta a hacer un gran esfuerzo y acompañarte en uno de esos periplos nocturnos de los tuyos.

Se arrepintió al segundo siguiente de ofrecerse a salir, porque los "periplos" implicaban beber más cervezas de la cuenta, y aunque todas aquellas empanadas formasen un buen colchón en su estómago el alcohol no le sentaba muy bien desde que había dejado de ser bebedora social. Por suerte, Anita se mantuvo firme en su decisión. Ya no quería continuar la noche.

—No, prefiero que veamos lo de la alcaldesa de Daimona. Ya he tenido suficiente por hoy.

—Jo, Anita. Lo siento mucho. Mira... él se lo pierde.

—Lo fuerte es que seguro que vuelvo a tener noticias de él.

—De eso no te quepa duda.

LAS DOCE DE LA NOCHE del sábado y las dos de vuelta en casa, tiradas en el enorme sofá en forma de L, con cantidades industriales de coca cola zero (sin cafeína) y de palomitas de microondas con mantequilla. ¿Quién necesita salir?

Anita encendió la tele mientras Nerea hurgaba en su móvil para localizar la app de contenidos donde, ese fin de semana, alguien con muy buen gusto había programado el turbio documental de la alcaldesa de Daimona.

YA NO LE IMPORTABA reconocerlo. A Nerea le encantaban los documentales sobre crímenes reales y estaba encantada con la gran cantidad que se estrenaba últimamente. No había conseguido que Anita se enganchase del todo, pero aquella noche estaba en un momento bajo y se iba a dejar arrastrar al sofá con las palomitas sin poner demasiadas pegas.

—Vamos allá —dijo Nerea, presionando el botón de "play" en el mando a distancia.

—¿Quién es la alcaldesa de Daimona?

—Daimona es un pueblo perdido del Pirineo y su alcaldesa apareció asesinada junto al río que lo atraviesa, hace unos tres años. Nunca se encontró a quién lo hizo.

—¿Y qué tiene de especial el caso para merecer un documental?

—Además de que nunca encontraron al culpable, resulta que al cabo de un año, en uno de los pueblos vecinos, se instaló una mujer que venía huyendo de la vida en la ciudad y se hizo amiga de un pastor que vivía solo por allí. Ella le daba conversación y acabó aprendiendo el oficio de pastora. Hasta que alguien del pueblo se dio cuenta del gran parecido físico que tenía con la alcaldesa asesinada.

—Parece un argumento de novela negra, ¿no?

Nerea asintió.

—Entonces, por lo que he leído en una reseña en el periódico, el documental narra la historia de ambas mujeres, la alcaldesa y la que vino a vivir al pueblo vecino y que era extraordinariamente parecida, tanto que podría ser su hermana gemela.

Anita la contempló boquiabierta. Nerea tenía una manera de explicar las cosas que hacía que te interesaras enseguida por cualquier historia o anécdota que saliese de su boca.

Ambas se hundieron en el sofá y se dejaron atrapar por la historia de la alcaldesa y su clónica pastora. La absurda preocupación de Anita por el camarero italiano desapareció a medida que el documental avanzaba. De repente se dio cuenta de cómo cambiaba el rostro de Nerea cada vez que un periodista especializado en sucesos aparecía en la pantalla. Era un tal Sergio Bellido y parecía estar bastante enterado del caso, y de todo lo que había pasado con la alcaldesa. Caminaba junto a la cámara por los parajes por los que hallaron el cuerpo de la mujer, y daba explicaciones e impresiones sobre aquel asunto, que había conmocionado al pequeño pueblo de Daimona.

—¿Quién será ese? —preguntó Nerea—. Es muy guapo, ¿no?

—Antes ha salido su nombre impreso en la pantalla. Un tal Sergio Bellido. Periodista de sucesos. ¿Lo conoces?

Nerea negó con la cabeza.

—No, pero no me importaría.

Algo hizo "clic" en el corazón de Nerea mientras veía a aquel chico paseando por los bosques, extendiendo los brazos. Hubiera sido incapaz de explicar exactamente qué le estaba pasando por la mente, pero de pronto se imaginó allí, a su lado, paseando con él, reconociendo aquel terreno corrompido por el crimen y...¡besándolo!

Notó cómo sus mejillas se enrojecían. Echó un vistazo a Anita, que tenía su vista fija en ella, en el lado contrario del sofá. Llevaba unos minutos observando a su compañera de piso.

—Lo veo muy tu tipo —dijo Anita, sonriendo.

LES HABÍA COSTADO UNOS meses hacerse amigas, desde que habían empezado a compartir aquel apartamento, y aún más compartir ciertas confidencias, en especial en lo que concierne al tema hombres. Nunca, en el último año, habían traído un chico a dormir a casa, a pesar de que ambas habían hablado del tema en numerosas ocasiones y se habían concedido luz verde para ello.

Sergio Bellido le había robado el protagonismo de aquella noche de sofá, casi sin pretenderlo, a la historia que contaban en el documental. Era guapo, obvio, pero no era eso lo que había llamado la atención de Nerea. Lo que le había gustado no era su expresión dulce, pese al tema escabroso que estaba tratando. Ni su espalda enorme y brazos ligeramente musculados. Ni los ojos verdes que brillaban bajo unas cejas contundentes. Ni su barba de tres días. No. Lo que le había encantado del periodista de investigación Sergio (¡Sergio!, ya se refería a él sin su apellido dentro de su cabeza), era la maravillosa forma de explicar la historia, la manera en que te atrapaba con sus palabras.

—Me encanta —repuso Nerea.

—Lo sabía. Te ha cambiado la cara en cuanto ha aparecido en la pantalla.

—¿Sabes qué? En cuanto acabe el documental voy a investigar un poco en internet.

—¿Sobre la alcaldesa de Daimona?

—No. Sobre Sergio Bellido —contestó Nerea, elevando la mano en el aire para parar el cojín que estaba a punto de aterrizar sobre su cara.

CAPÍTULO 3

Cuando Anita se despertó aquella mañana de domingo y se plantó en la cocina para prepararse su tradicional bol de muesli, se encontró a Nerea parapetada detrás del ordenador, bien despierta, al lado de una humeante taza de café.

—¿Tú despierta? ¿Un domingo a las nueve de la mañana?

—Pues no te lo vas a creer, pero no he dormido mucho —contestó Nerea.

Anita se ajustó su floreada bata de seda y esperó en silencio a que Nerea se extendiese en sus explicaciones, pero no estaba haciéndole ningún caso. Estaba completamente sumida en algo que estaba leyendo en el ordenador.

—Como si lo viera. Ya has vuelto a obsesionarte con otro documental. Estás investigando sobre el tema de la alcaldesa, ¿no?

—Más o menos —le contestó, sin levantar la vista de la pantalla.

Anita se sentó al otro lado de la mesa con su bol en la mano. En cuanto el muesli empezó a crujir entre sus dientes, su compañera de piso pareció tomar de nuevo conciencia de que estaba allí.

—Bueno, no es solo la alcaldesa —se llevó las manos a la cara y se ocultó tras ella, como una niña avergonzada—. He echado un vistazo para ver qué encontraba sobre el tal Sergio Bellido.

Anita soltó una carcajada.

—¡Lo sabía! Dios, mira que te gusta investigar. Realmente no sé qué haces trabajando para una empresa de cosmética. Podrías ser la mejor detective de la ciudad. O la mejor reportera de sucesos.

—El marketing en el mundo de la cosmética está muy bien pagado, querida. El periodismo...en fin...tengo mis dudas. Por cierto, no sé si te lo llegué a contar, pero esta absurda habilidad que tengo dio sus frutos no hace mucho en la oficina. Mi jefa, Natalia, me hizo buscar en Internet a un tipo con el que se había chocado en la calle. Llevaba un café en la mano y le arruinó una camisa de Marc Jacobs.

Anita se rio de nuevo.

—¿Eso no es lo que le pasa siempre a Sandra Bullock en sus películas? Chocarse con cosas, quiero decir.

—Sí, tal cual. El caso es que a ella le encantó el chico, y él la quiso invitar a otro café. O sea, fue una especie de flechazo mutuo. Pero ella es una orgullosa en el fondo, y se largó de allí indignada, haciendo grandes aspavientos por el asunto de la camisa estropeada. Pero no sabes lo mejor.

—¿Qué?

—Él averiguó la dirección de la oficina y le envió una camisa exactamente igual, de Marc Jacobs. Una Marc Jacobs verdadera, de su talla. ¿Cómo te quedas?

—Muerta, claro.

—En fin. Ella también. Se quedó traspuesta, le dio una especie de jamacuco en su despacho. Tuvimos que estirarla en un sofá con los tobillos en el aire para que se recuperase del *shock*. Y cuando espabiló me pidió que le buscase al tipo del café volador en Internet, porque quería contactar con él y devolverle la camisa, o darle las gracias. No sé muy bien al final qué hizo.

—Y déjame adivinar: lo encontraste.

—¡Se lo localicé en un par de minutos! Y con poquísimos datos, pero fue una búsqueda muy fácil, la verdad. Resultó ser un *skater* famoso, y bastante forrado de pasta, por cierto. Ahora están juntos, de hecho. Viven en un pisazo propiedad de él al lado de la playa, y no hace ni tres meses que se conocen. Cosa que en la oficina no nos deja de alucinar, porque pensábamos que Natalia era asexual. Pues resulta que el amor la ha cambiado. ¡Y pensar que justo el día en que lo conoció le dejamos un Satisfyer encima de la mesa del despacho!

Anita suspiró.

—¿Por qué a la gente le pasan estas cosas? Chocarse con un dios del *skate* por la calle, conocer al amor de tu vida en la cola de embarque de un avión, ¿eso no pasaba solo en las películas?... Y yo creyendo que había empezado algo con el camarero del Meteorito solo porque me engatusó una noche.

Un deje de tristeza asomó de nuevo a las comisuras de sus labios, dibujando un puchero.

—Ay, no, Ani. No te desanimes otra vez por ese italiano —hizo un esfuerzo por llamar su atención de nuevo, ya que la mirada brillante de Anita se había perdido en algún punto de la pared de la cocina—. No nos desviemos del tema. Lo que quería decir, con todo esto, es que me ha sido facilísimo dar con él. Con el periodista de los crímenes. Obviamente. Nombre y apellidos, reportero de sucesos... En fin, estaba cantado que lo iba a encontrar. Ya sabes que me encantan estos retos.

Sonrió satisfecha.

Nerea giró el ordenador y le mostró la pantalla. Allí estaba, el perfil de Facebook de Sergio Bellido. En todo caso, y en favor de Nerea, había que reconocer que su "investigación", tal y como ella llamaba a esos agujeros negros espacio-temporales en los que caía cada vez que se atrincheraba detrás de su ordenador portátil, había dado muy buenos frutos. Aquel no era un perfil de Facebook profesional. No era el "Sergio periodista de sucesos" que habían visto la noche anterior en la tele. Era un perfil personal con un apellido acortado para proteger su intimidad —si es que alguien piensa que puede mantener un gran nivel de intimidad estando en redes sociales en el siglo veintiuno—.

Anita se interesó de repente por el hallazgo de su amiga. Siempre la dejaba de piedra con estas cosas.

—Bien, a ver. Cuéntame qué has encontrado.

SERGIO, TREINTA AÑOS, natural de Madrid (y residente allí, en la capital, según parecía). Había escrito tres libros sobre crónica negra y colaboraba con varios medios: dos periódicos de tirada nacional y un programa de radio, además de una productora de televisión (la que había creado el reportaje sobre la alcaldesa de Daimona). Anita paseó el dedo por el cursor del portátil de Nerea en busca de lo que a ella podría interesarle más: fotos. Había muy pocas que pudieran verse en su perfil personal.

Sergio en la playa, con sus amigos, de paseo con un perro, un precioso samoyedo con el pelo blanco. Y Sergio de viaje: en Nueva York, en Islandia, en Vietnam...Revisó el "relationship status" de Facebook, pero obviamente allí ya nadie ponía si estaba "single", "en una relación" o "casado con".

—Ya, no te molestes, ya he mirado —se rio Nerea.

—Qué tipo más interesante —dijo Anita—. Y qué guapo es. No es fácil encontrarse con un hombre que a los treinta años tenga su carrera tan bien encauzada, ¿no crees? Parece que colabora con un montón de medios.

—Bueno, en realidad a los treinta ya estaría bien empezar a saber qué quieres hacer en la vida. Hay gente que lo tiene muy claro, incluso mucho antes, ¿sabes?

—Me refiero a que no es fácil tener los contactos para conseguir todas esas colaboraciones que has encontrado.

Nerea le había mostrado algunos de los artículos que había escrito Sergio Bellido para varios medios.

—Si te digo la verdad, y al margen de que es guapo, eso no lo podemos negar, me interesa lo que escribe. Tengo mucho material de lectura para hoy.

—¿Vas a comprarte sus libros? —preguntó Anita, con media sonrisa irónica ya perfilada en su rostro.

—Muy graciosa. Creo que empezaré por lo que estoy encontrando en Internet.

Anita la observó perpleja, mientras trataba de pescar el último trozo de chocolate negro sumergido en su bol de cereales.

—O sea, que te ha gustado en serio.

—Lo en serio que te puede gustar alguien a quien has visto en un documental de la tele y que ni siquiera vive en tu ciudad —contestó Nerea.

Anita se levantó, dando por terminado el desayuno.

—En fin, querida, no me cabe duda que darás con él, os conoceréis en persona y tendréis una bonita historia de amor. Es lo que le pasa a todo el mundo que no es yo. Ya me lo estoy imaginando: los dos acurrucados en la cama después de una noche de acción, con los ordenadores sobre las rodillas, investigando todo tipo de cosas truculentas y sórdidas. Manténme informada de tus avances, por favor.

—Descuida, lo haré —contestó Nerea, sacándole la lengua.

SONRIÓ MIENTRAS ANITA se perdía de nuevo por el pasillo. No andaba tan desencaminada, la verdad. No recordaba muy bien qué había soñado esa noche, pero diría que Sergio había aparecido en sus sueños, y no era precisamente una pesadilla. Se había levantado de muy buen humor a pesar de que (eso tenía que reconocerlo), ver aquel tipo de documentales le producían cierto desasosiego por las noches, y a veces incluso le costaba conciliar el sueño.

Metódicamente, Nerea recopiló los siete u ocho artículos que encontró escritos por él sobre diversos temas y los guardó en una carpeta a la que puso su nombre. Después regresó a su perfil de Facebook y lo inspeccionó con bastante atención. Dedicó casi una hora de su tiempo a deslizar los posts de Sergio en la pantalla, hasta llegar a su tierna adolescencia y fue entonces cuando se dio cuenta de la hora que era y de que sus padres la esperaban para la comida familiar del fin de semana.

—¡Mierda! —exclamó, saltando de la silla bruscamente.

A SU MADRE NO LE GUSTABA nada que llegase tarde a comer el domingo, y aún tenía que darse una ducha y vestirse. Se le había ido el santo al cielo. Se lamentó en silencio por esa capacidad suya para perder el tiempo durante horas cada vez que se sentaba delante del ordenador, pero se encontró a sí misma sonriendo bajo el grifo de la ducha, pensando en el guapo reportero.

¿Por qué era todo siempre tan absurdo? De camino a la ducha había estado a punto de comerse el suelo por culpa de aquel ridículo monopatín de juguete al que le había dado por subirse de vez en cuando. ¡Si incluso lo había llevado a la oficina! Y ahora, por si fuera poco, podía ya confirmar que estaba ante una nueva cyber-obsesión: Sergio Bellido.

Después, mientras se vestía, recordó aquella vieja costumbre adolescente de enamorarse de gente virtual, como actores, cantantes, futbolistas, y de lo que disfrutaba montándose auténticas películas en la que ella —y el famoso en cuestión— eran los protagonistas indiscutibles. Pues bien, con lo de Sergio estaba un poco reviviendo aquella tontería. Con la única diferencia que hoy en día es posible contactar con todo el mundo a golpe de clic.

NEREA, YA LISTA PARA pasar por el trámite de la comida familiar del domingo, abrió la puerta del apartamento que compartía con Anita, dispuesta a salir a la calle. En ese preciso instante, su "pequeño monstruito interno", que era como se refería a su intuición, la detuvo en seco. Cerró la puerta de casa de golpe, dejó de nuevo las llaves sobre el recibidor y regresó a la cocina, donde había quedado su ordenador portátil en modo "sueño". Sin quitarse la chaqueta, porque aquello iba a ser muy rápido, lo abrió y se dio de bruces otra vez con el perfil de Facebook de Sergio Bellido. No había cerrado el navegador. Buscó la opción de enviar un mensaje.

Sin pensarlo dos veces, tecleó:

Hola. Te he visto en el documental sobre la alcaldesa de Daimona. Creo que te dejaste un par de pistas relevantes en tu paseo por el bosque :)

ENVIAR. Clic.

Se rio sola como una loca, y entonces sí: apagó el ordenador, cerrando la sesión en el perfil de la red social. Tal vez esa sería la última vez que pensaba en Sergio Bellido, su amor imaginario del fin de semana.

O tal vez no.